# COMME UN ROC !

Le corps des ankylosaures est recouvert d'une centaine de plaques d'os. C'est peut-être pour ça que Mazu a la tête aussi dure...

Pour découvrir à quoi leur sert la grosse boule située à l'extrémité de leur queue, suis le chemin et note les lettres !

**LE SAIS-TU ?**

PLUS DE 1 000 ESPÈCES DIFFÉRENTES DE DINOSAURES ONT DÉJÀ ÉTÉ DÉCOUVERTES !

L'ankylosaure utilise sa queue comme une ...............................................

# FOSSILISÉS !

Sais-tu que de nombreux fossiles de dinosaures sont encore enfouis juste sous nos pieds ?

Relie les squelettes découverts au bon dinosaure. Attention, un intrus s'est glissé parmi les fossiles. Sais-tu de quoi il s'agit ?

A

B

E
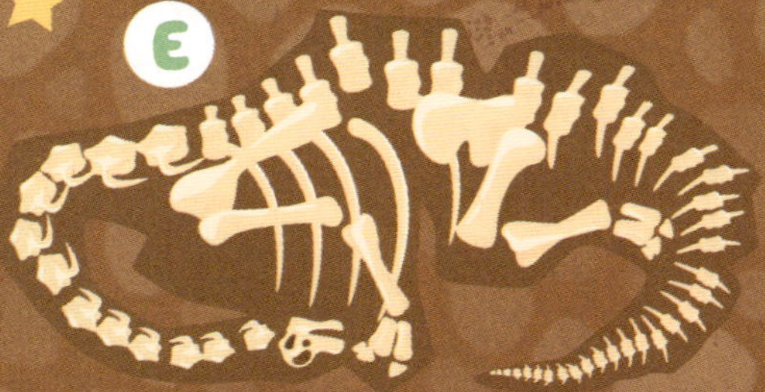

C

D

F
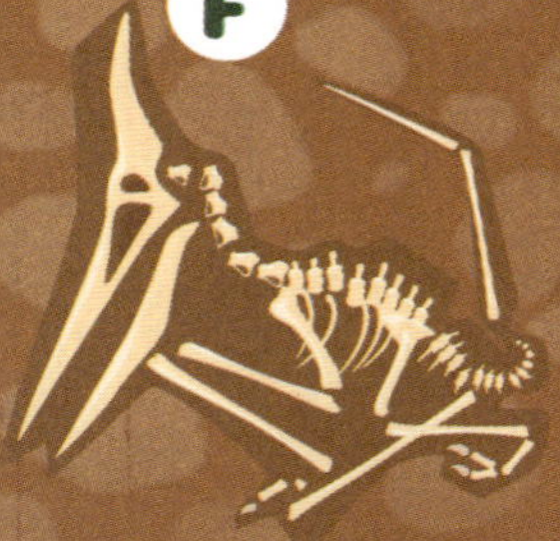

3

2

4

1

5

## RÉPONSE

L'intrus est un fossile...

- ◯ de poisson.
- ◯ de T-Rex.
- ◯ d'ammonite.

# NID DOUILLET

Le ptérosaure vit dans des nids pouvant atteindre plusieurs mètres de diamètre.

Observe bien ces nids et barre celui qui est différent des autres.

# SUPER RAPIDE

Le compsognathus est le champion de la vitesse ! Sais-tu qu'il peut courir jusqu'à 64 km/h ?

Relie les chiffres dans le bon ordre pour découvrir un animal aussi rapide que lui.

# UNE AUTRE ÈRE

Les dinosaures ont vécu il y a des millions d'années...
Mais connais-tu le nom des trois grandes périodes
pendant lesquelles ils ont dominé la Terre ?

Replace les lettres au bon endroit
pour compléter la frise !

| T_IAS | J_RAS_I_UE | CR_TA_É |
|---|---|---|
| – 251 millions d'années >>>> | – 200 millions d'années >>>> | – 145 millions d'années >>>> – 65 millions d'années |

# DE GRANDES DENTS

Les dents du T-Rex sont bien
plus grandes que les tiennes mais de
la même taille qu'un fruit très connu...

Entoure le fruit qui n'apparaît qu'une seule
fois pour savoir de quel fruit il s'agit.

## RÉPONSE

Les dents du T-Rex
font la taille d'une
..............................

# NOUVEAU-NÉ

Chez les dinosaures aussi, il y a des bébés ! Mais comment naissent-ils : du ventre de leur maman, dans des fleurs ou dans des œufs ?

Complète la suite logique : la bonne réponse est cachée derrière la pastille verte.

**LE SAIS-TU ?**

Les fossiles sont une mine d'infos sur les dinos !

# DINO CORNU

Les cornes des tricératops sont composées de la même matière que celle de tes ongles !

Complète la grille avec les noms des dinosaures de Crétacia pour découvrir comment s'appelle cette matière.

## RÉPONSE

Les cornes de tricératops sont composées de ..............................

# QUEUE CACTUS

La queue des stégosaures comme Marshall est ornée de 4 grosses épines, ce qui leur assure une défense imparable !

Observe bien ces ombres et entoure celle de Marshall !

# ESPÈCE MYSTÈRE

À Crétacia, beaucoup d'espèces différentes de dinosaures cohabitent...

Pour découvrir à laquelle appartient Tiny, résous cette charade, puis colorie l'illustration !

Mon premier est souvent sélectif.

Mon deuxième est la troisième lettre de l'alphabet.

Mon troisième est un petit rongeur qui peut être des villes ou des champs.

Mon quatrième indique le départ.

Mon cinquième est le son du cri des serpents.

# PETIT DÉFAUT

Archie a tout d'un oiseau : un bec et de belles plumes colorées... Mais comme tous les archéoptéryx, il a un petit défaut !

Trouve une astuce pour découvrir son petit secret.

EJ EN SIAS SAP
RELOV

# EMPREINTE

Les brachiosaures pèsent en moyenne 40 tonnes... Imagine la taille de leurs empreintes !

Complète ce sudoku. L'empreinte de brachiosaure se trouve dans la case rouge... Attention : chaque empreinte ne peut se trouver qu'une seule fois par ligne et par colonne !

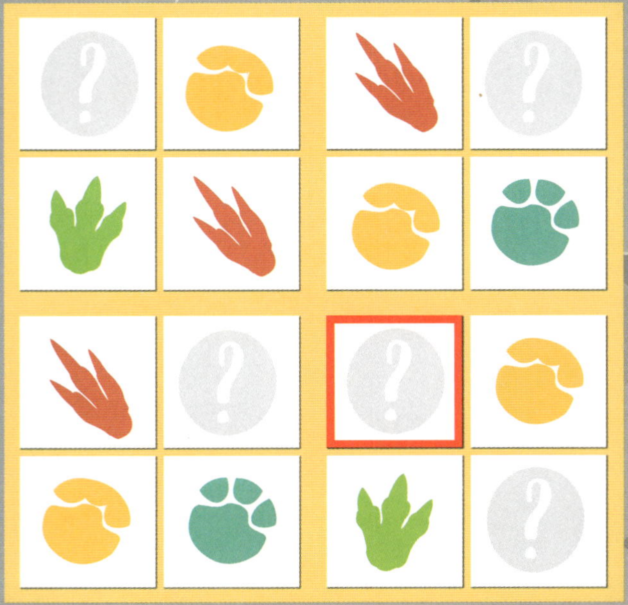

# APPÉTIT D'OGRE

**LE SAIS-TU ?**

« Dinosaure » veut dire « terrible lézard » en grec.

On ne dirait pas comme ça, mais Rugo a un sacré appétit !

Pour découvrir ce qu'elle mange tous les jours, barre les « MIAM » !

[redacted]JMIAME SUMIAMISMIAM
OMMIAMNIVMIAMORE
MIAMDOMIAMNC JMIAME MAMIAMNGMIAME
DMIAMEMIAMS MIAMFRMIAMUIMIAMTS,
MIAMDEMIAMS GMIAMRAIMIAMNESMIAM,
MAMIAMIS AMIAMUSMIAMSI
MIAMDEMIAMS MIAMVEMIAMRSMIAM
EMIAMTMIAM MIAMDEMIAMS
IMIAMNSMIAMECMIAMTEMIAMS.

# SUIS LE SON

Les parasaurolophes ont un super pouvoir ! Leur crête émet des sons leur permettant de communiquer entre eux...

Suis les notes produites par Rocky pour retrouver sa trace.

MODÈLE

DÉPART

# SACRÉE TÊTE

Les pachycéphalosaures ont une drôle de tête…

Regarde bien ces crânes et retrouve celui qui appartient à Patchy.

# SUPER MÉCHANT

Le spinosaure avait une grande mâchoire très pratique pour chasser sur terre… mais aussi dans la mer !

Relie les chiffres dans le bon ordre pour découvrir un animal qui a une mâchoire très proche de la sienne.

# POIDS LOURD

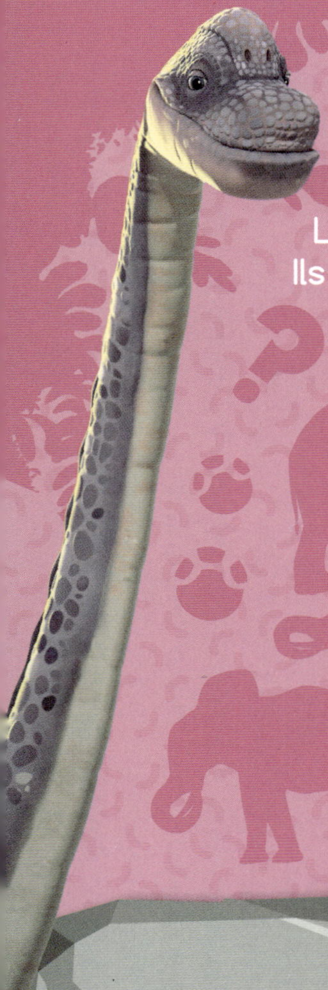

Les brachiosaures sont grands... et lourds, très lourds !
Ils pèsent autant que plusieurs éléphants. Mais combien ?

Compte le nombre d'éléphants que tu vois
ici pour le découvrir.

# POINT FAIBLE

Les ankylosaures ont une armure
qui les protège... vraiment ?

Colorie Mazu et découvre
quelle partie de son corps n'est
pas protégée. Un indice : il s'agit de
la partie à colorier en rose !

**LA PARTIE NON PROTÉGÉE**
**EST LE .................... .**

# PAS UN DINO ?

Terminonator vit à Crétacia avec tous les dinosaures... Pourtant, ce n'est pas un dino !

Découvre à quelle espèce elle appartient en décryptant ce message codé !

## CODE

| | | | | | | | | | | | |
|---|---|---|---|---|---|---|---|---|---|---|---|
| A | E | I | J | L | M | N | P | R | S | T | U |

## LE SAIS-TU ?

C'est à cause d'une météorite que les dinosaures ont disparu.

# PETIT CERVEAU

Marshall n'est pas vraiment le dino le plus intelligent de la bande... Mais ce n'est pas sa faute, les stégosaures ont un tout petit cerveau par rapport à leur taille !

Aide-le à sortir du labyrinthe pour découvrir quel animal a un cerveau de la même taille que le sien !

# SÛRE ET CERTAINE

Tiny en est sûre : tous les dinosaures à cornes sont herbivores... Tous, vraiment ?

Observe ces trois dinosaures et colorie le seul qui est carnivore.

TRICÉRATOPS

STYRACOSAURE

CÉRATOSAURE

# GIGAGÉNIAL

Giganto est le dino des dinos de Crétacia, et Rocky le trouve absolument GÉNIAL... Mais sais-tu quelle est l'espèce de Giganto ?

Pour le savoir, place chaque lettre selon l'ordre des couleurs et lis le mot obtenu !

# DES TAS D'OS

Les dinosaures ont tous des os, certains plus que d'autres... L'ankylosaure est le champion en la matière : il en possède plus de 1 000 !

Classe ces os du plus petit au plus grand.

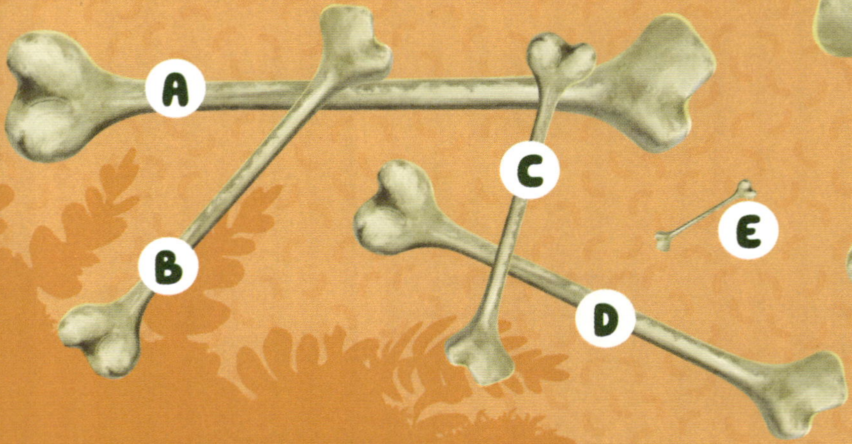


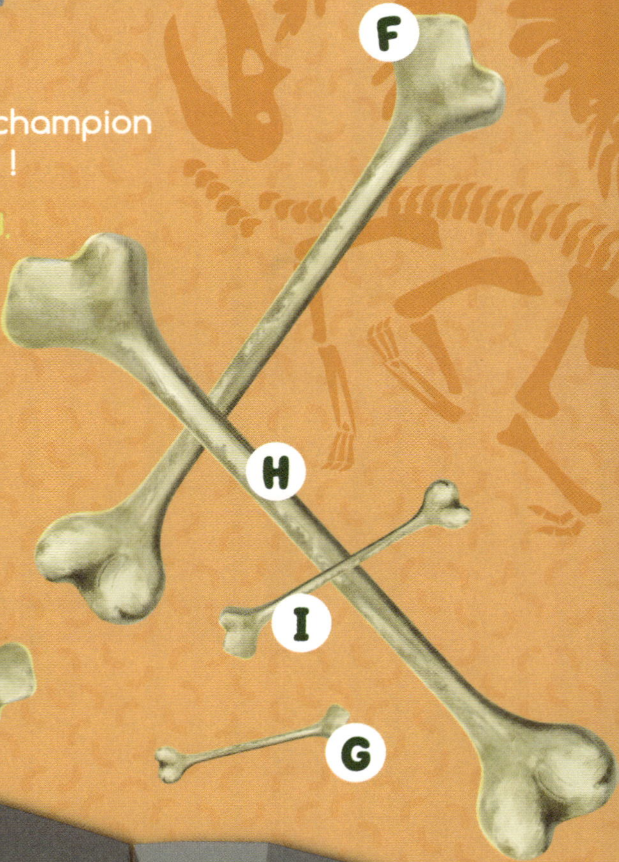


# BIEN AU CHAUD

Pour que ses œufs restent bien au chaud, la maiasaura les recouvre... Mais avec quoi ?

Observe bien ce détail pour trouver la réponse !

FEUILLES

ÉPINES

MOUSSE

# PETIT GÉNIE

Mazu n'en revient pas : elle vient de découvrir le dino le plus intelligent de tous... et donc plus intelligent qu'elle !

Barre verticalement et horizontalement dans la grille les mots suivants : le dernier mot, non barré, te révélera le nom de ce super dino !

- GRIFFES
- AS
- PROIES
- DINOS
- ARBRE
- PLUMES
- ROC
- PATTE
- NID
- AILES
- OS

| | | | | | | |
|---|---|---|---|---|---|---|
| G | D | I | N | O | S | P |
| R | A | S | N | I | D | R |
| I | A | R | B | R | E | O |
| F | A | I | L | E | S | I |
| F | P | A | T | T | E | E |
| E | O | S | R | O | C | S |
| S | P | L | U | M | E | S |
| T | R | O | O | D | O | N |

LE DINO LE PLUS INTELLIGENT S'APPELLE : ..........................

# PRÉDATEURS

Giganto n'est pas le seul prédateur de Crétacia...
Il y a aussi des vélociraptors, par exemple.

Observe bien et trouve les 7 différences qui se sont glissées entre ces deux images...

# GROS MANGEUR

Un grand carnivore comme le T-Rex a besoin de beaucoup manger pour être rassasié ! Mais combien de kg de viande avale-t-il par jour ?

Complète cette pyramide de chiffres pour le découvrir.

**UN T-REX MANGE ............ KG DE VIANDE PAR JOUR**

# RIQUIQUI

Ignatius a beau jouer les gros bras, c'est un compsognathus... tout petit riquiqui.

Relie les chiffres dans le bon ordre pour découvrir un animal qui fait la même taille que lui !

# 1001 PATTES

Certains dinosaures sont bipèdes : ils marchent sur 2 pattes ; d'autres sont quadrupèdes : ils marchent sur 4 pattes... Mais les connais-tu ?

Relie chaque espèce de dinosaure à sa caractéristique : bipède ou quadrupède.

TYRANNOSAURE

GIGANOTOSAURE

ANKYLOSAURE

VÉLOCIRAPTOR

STÉGOSAURE

DIPLODOCUS

COMPSOGNATHUS

# DIGESTION

Pour mieux digérer les énormes quantités de végétaux qu'ils ingèrent, les diplodocus mangent... des pierres !

Observe bien ces tas de cailloux et barre celui qui est différent des autres.

# AS DU VOL !

BLAGUE !

**QUE DIT UN DINO QUI NE COMPREND PAS DU TOUT UNE CONVERSATION ?**

Qu'il ne voit pas le raptor.

Les ptérosaures étaient des as de la voltige et comme les oiseaux, ils avaient des ailes… mais sans plumes !

Pour découvrir de quoi étaient recouvertes leurs ailes, suis le vol d'Hegan et note les lettres !

**LES AILES DES PTÉROSAURES ÉTAIENT RECOUVERTES D'UNE ………………………… .**

# ÇA BOUGE !

Les continents de notre Terre n'ont pas toujours eu la même disposition…
À l'époque des dinosaures, ils ne formaient qu'un seul bloc : la Pangée !
Puis ils se sont peu à peu séparés…

Remets dans l'ordre l'évolution des continents en numérotant de 1 à 4 ces images de la Terre et en les reliant à la période qui correspond.

CRÉTACÉ

JURASSIQUE

TRIAS

AUJOURD'HUI

# TOUS DIFFÉRENTS

Tu l'as compris, il n'y a pas que des dinos qui vivent à Crétacia... Sauras-tu les reconnaître ?

Observe bien les personnages et barre l'intrus.

# BÉGAIEMENT

Rocky n'arrive jamais à dire le nom de son espèce, tant il est compliqué à prononcer !

Et toi ? Remets les syllabes dans l'ordre pour pouvoir le dire correctement, puis colorie Rocky !

PHE

RO

PA

SAU

RA

LO

# TOUS ÉTEINTS ?

Les dinosaures n'ont pas totalement disparu.
Tous les jours, tu croises l'un de leurs descendants directs.

Place chaque lettre dans la case de la même couleur pour découvrir de quelle espèce d'animal il s'agit !

U E S I O A X

| | | | | | | |
|---|---|---|---|---|---|---|
| ........ | ........ | ........ | ........ | ........ | ........ | ........ |

IL S'AGIT DES ........................................ .

# POIDS LOURD

Marshall n'est pas très rapide, et cela n'ira pas en s'arrangeant. Plus il grandira... plus il grossira !

Complète ce sudoku pour découvrir le poids d'un stégosaure adulte.

| | | | |
|---|---|---|---|
| ? | 2 TONNES | 3 TONNES | ? |
| 3 TONNES | 4 TONNES | 1 TONNE | 2 TONNES |
| 2 TONNES | 1 TONNE | 4 TONNES | 3 TONNES |
| 4 TONNES | ? | ? | ? |

# TOUS POUR UN !

**LE SAIS-TU ?**

**Les dinosaures ont vécu sur terre pendant 165 millions d'années.**

Bill est un vrai trouillard... Heureusement pour lui, les brachiosaures se déplacent en troupeau, en plaçant les petits au milieu pour les protéger !

Observe bien ces deux images et entoure les 8 différences.

# CHEMIN SÛR

Les dinosaures carnivores mangeaient des petits animaux… mais aussi des dinosaures !

Dessine le chemin le plus sûr en évitant tous les prédateurs pour que Tori puisse rejoindre Tiny sans faire de mauvaises rencontres…

# JOLIES PLANTES

Au Trias, il n'y avait que des fougères
et des conifères comme le sapin...
puis les fleurs sont apparues au Crétacé.

Une plante un peu spéciale se cache parmi
toutes ces végétaux de Crétacia :
entoure-la, et dis pourquoi !

**CETTE PLANTE EST**

..............................................................

# PETIT RONGEUR

Rugo est une rugosodon... et ces petits rongeurs
ne sont pas des dinosaures.
Qu'est-elle donc alors ?

Résous vite cette charade
pour le découvrir !

Mon premier est un grand poteau
de bois qui se dresse sur le pont
d'un bateau et supporte ses voiles.

Mon deuxième est la note
de musique placée entre le RÉ et le FA.

Mon troisième est placé sous les sabots
des chevaux pour éviter qu'ils ne s'usent.

# GRANDE FAMILLE

Des bébés ont fait récemment leur apparition à Crétacia ! Sais-tu à quelles espèces ils appartiennent ?

Relie chaque bébé au dinosaure de la même espèce que lui.

# LONG COU

Les diplodocus sont géants : leur cou à lui tout seul mesure plusieurs mètres. Mais combien précisément ?

Pour le savoir, observe bien ces calculs et retrouve quel chiffre se cache derrière le fossile.

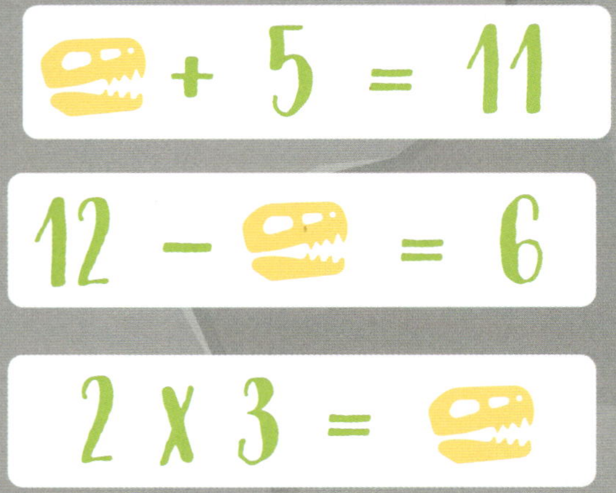


**Leur cou mesure ..................... mètres.**

# POINT COMMUN

**BLAGUE !**

**QU'EST-CE QUI FAIT PLUS DE BRUIT QU'UN GIGANTO ?**

Deux gigantos !

Sais-tu quel est le point commun entre les dinosaures et les chiens ? Ils sont tous les deux embêtés par la même petite bête...

Pour découvrir laquelle, complète la grille en replaçant les mots au bon endroit, et lis le mot obtenu verticalement !

**FOSSILE** **PATTE** **OEUF** **FLEUR** **CORNE**

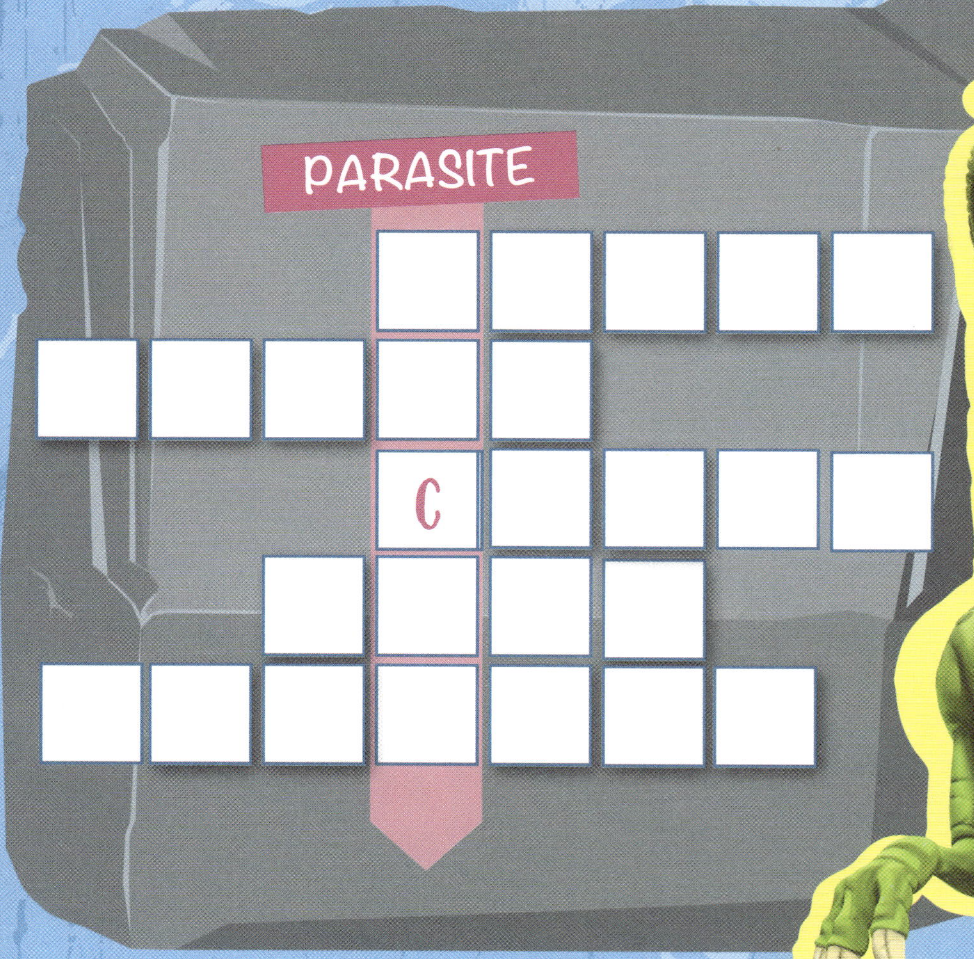

# LOOK D'ENFER

Il est vrai que les dilophosaures ont un look d'enfer…
et ce n'est pas Dilo qui dira le contraire !
Mais il veut te dire un secret à ce sujet :
« Dilophosaure signifie… »

Entoure la bonne étiquette de chaque ligne pour terminer sa phrase.

CHIEN | LÉZARD | DINO | ABEILLE

à | sans | avec | DE

une | QUATRE | TROIS | DEUX

PATTES | CRÊTES | AILES | DENTS

RÉPONSE

Dilo est un…

……………………………

# À L'ABRI !

En cas d'intempéries,
Bill sait exactement où les dinosaures peuvent aller pour s'abriter.

Remets ce puzzle dans l'ordre pour le découvrir !

| | | | |
|---|---|---|---|
| A | B | C | D |
| E | F | G | H |

**ILS PEUVENT S'ABRITER DANS UNE ........................ .**

# METS DE CHOIX

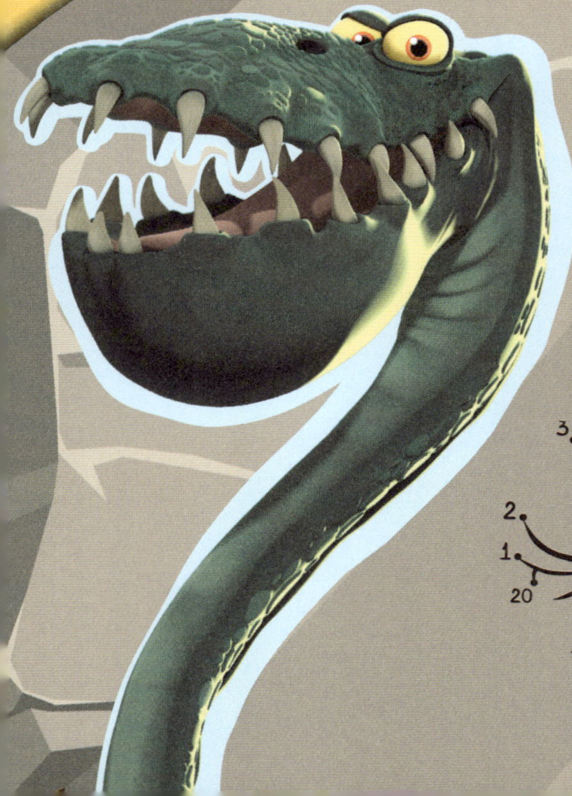

Si Termy a bien envie de croquer dans un petit dino, les plésiosaures mangent généralement autre chose...

Relie les chiffres dans le bon ordre pour découvrir leur menu favori !

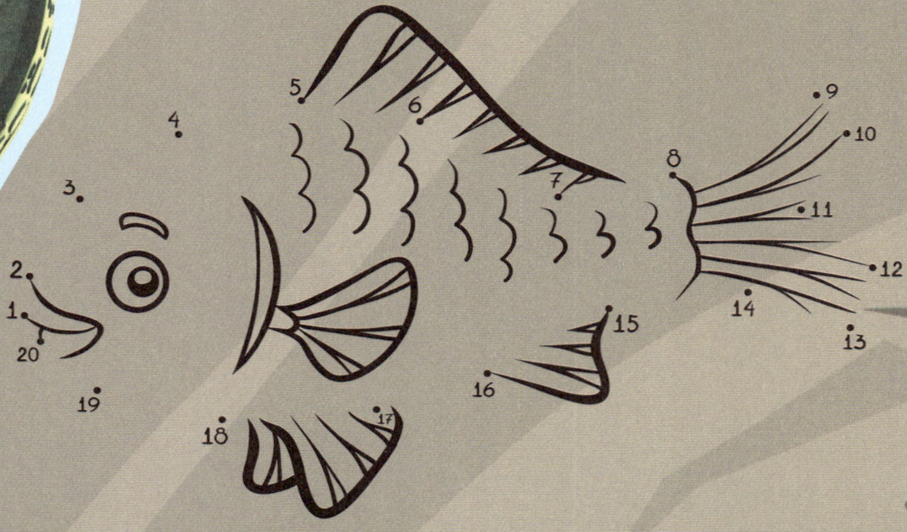

# PAS TOUCHE !

Lorsqu'on l'a découvert, on a pensé que ce dinosaure volait les œufs des autres dinosaures... En réalité, il les couvait jalousement !

Remets les œufs dans l'ordre pour reconstituer le nom de ce dino protecteur...

# BELLE BOSSE

Le pachycéphalosaure avait une grosse bosse osseuse sur la tête. Serait-ce la raison pour laquelle Patchy est si têtu ?

Découvre l'épaisseur en centimètres de cette bosse en complétant cette pyramide de chiffres !

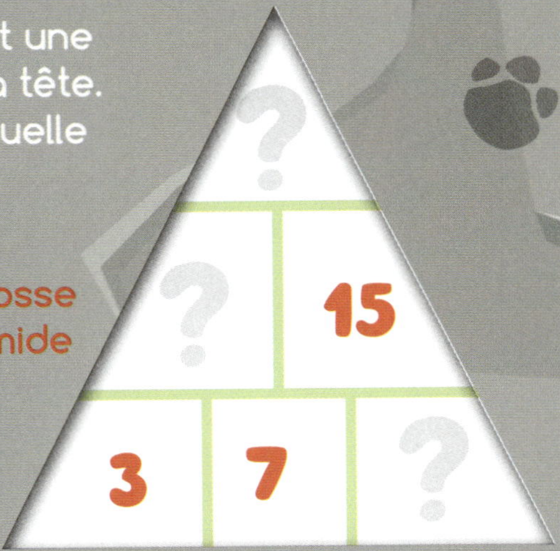

# DEUX PAR DEUX

**LE SAIS-TU ?**

**Le TRICÉRATOPS a une mâchoire en forme de bec de canard.**

Lorsque les paléontologues retrouvent des squelettes de dinosaures, c'est parfois un vrai casse-tête pour les reconstituer !

Relie les deux parties des squelettes pour chacun de ces dinosaures.

# GGRRRR !

Giganto n'est pas du genre bavard...
Mais il y a un message qu'il rugit haut et fort !

Barre les « GGRRR » pour découvrir ce qu'il dit,
puis colorie-le !

[redacted]LGGRRRE
GGRRRGIGAGGRRRNOGGRRRTOSAGGRRRURE
EGGRRRST L'GGRRRUGGRRRN
DEGGRRRS PGGRRRLUGGRRRS
GGGRRRRAGGRRRNDS
PRGGRRRÉDAGGRRRTEUGGRRRRS
DGGRRRE TOGGRRRUS LGGRRRESGGRRR
TEGGRRRMGGRRRPS

ROARR

# BEURK !

Les fossiles permettent de savoir plein de choses sur les dinos ! Outre les os et les empreintes, il existe des fossiles… de cacas !

Suis les fils pour remettre les lettres dans l'ordre et découvrir le nom de ces fossiles… un peu dégoûtants !

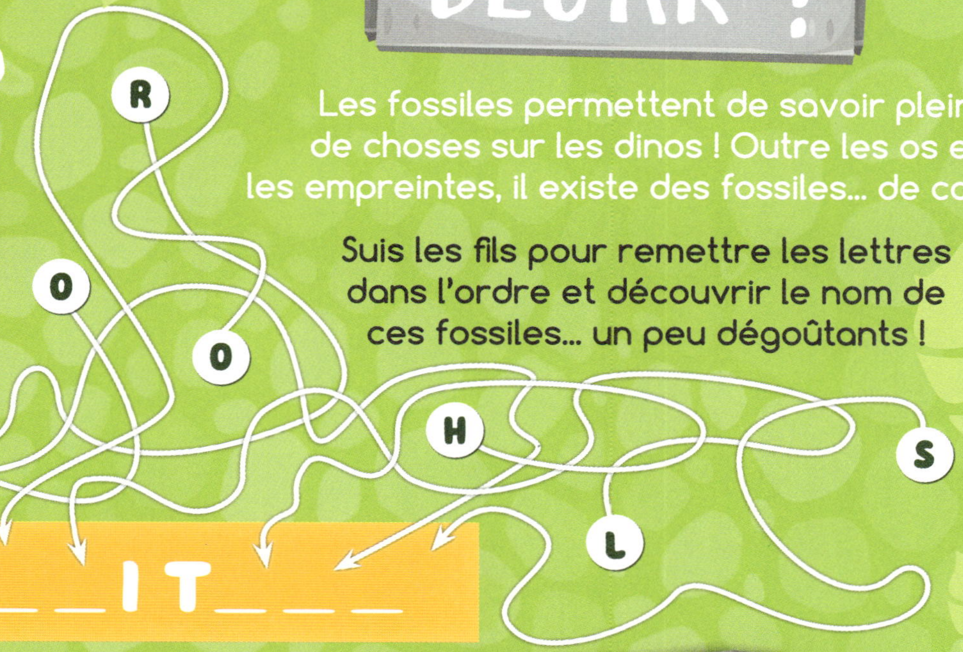


**C _ P _ _ _ I T _ _ _**

# PAS PRESSÉ

Ce dino a un avantage : son armure le protège des prédateurs. Mais il a aussi un inconvénient : il est trèèès lent et ne dépasse pas les 4 km/h !

Observe bien le détail pour trouver de quel dinosaure il s'agit.

A ANKYLOSAURE

B VÉLOCIRAPTOR

C BRACHIOSAURE

D DILOPHOSAURE

# PRATIQUE !

Le spinosaure a une grande voile dorsale qui n'est pas là que pour faire joli !

Pour découvrir à quoi elle lui sert, remets les lettres de cette phrase à l'endroit !

ELLE

ELUGÈR AS

ERUTARÉPMET

# PETIT ENCAS

Le compsognathus est carnivore, mais tout petit... Il ne s'attaque donc pas trop aux autres dinos !

Entoure l'animal qui n'apparaît qu'une seule fois pour découvrir ce qu'il chasse !

# LE PLUS GROS

Parmi ces dinosaures, sais-tu lequel pesait le plus lourd à l'âge adulte ?

Classe-les du plus petit au plus grand pour le découvrir !

1 STÉGOSAURE

3 T-REX

2 PACHYCÉPHALOSAURE

4 COMPSOGNATHUS

7 BRACHIOSAURE

6 TRICÉRATOPS

5 GIGANOTOSAURE

RÉPONSE

... pesait le plus lourd.

| | |
|---|---|
| ........ | 2,5 KG |
| ........ | 450 KG |
| ........ | 2 TONNES |
| ........ | 5 TONNES |
| ........ | 6 TONNES |
| ........ | 10 TONNES |
| ........ | 50 TONNES |

# BIEN CHEZ SOI

MODÈLE

À ton avis, dans quel milieu vivent les plésiosaures ?

Suis les quatre éléments du modèle pour le découvrir !

DÉPART

FORÊT

LAC GELÉ

GROTTE SOUS-MARINE

LAC DE LAVE

# MONTRE TES DENTS

Crois-tu que tous les dinosaures
ont les mêmes dents ?

Pointues et acérées ou plates et carrées,
relie chaque espèce à son type de dents.

SPINOSAURE

TRICÉRATOPS

TYRANNOSAURE

GIGANOTOSAURE

VÉLOCIRAPTOR

STÉGOSAURE

ANKYLOSAURE

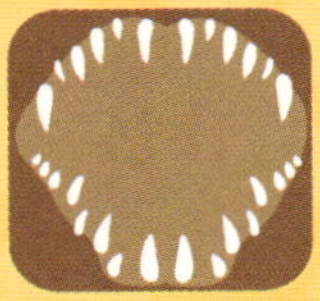

# SUPER FORT

Le stégosaure peut lancer
de grosses pierres avec sa queue.

Classe-les de la plus grande
à la plus petite.

# BIEN CACHÉ

La petite taille du compsognathus a un atout majeur : il peut se cacher facilement des prédateurs.

Regarde bien l'image et retrouve Ignatius en l'entourant.

# QUELLE ÉPOQUE ?

Tous les dinosaures n'ont pas vécu à la même époque…

Pour découvrir à quelle époque vivait l'archéoptérix, résous cette charade.

Mon premier est une boisson fruitée.

Mon deuxième est un animal qui vit dans les égouts.

Mon troisième est la note de musique placée entre LA et DO.

Mon quatrième est remué par le chien lorsqu'il est content.

## RÉPONSE

L'archéoptérix a vécu au ……………………

# COUP DE GRIFFES

Les tout petits bras du T-Rex restent un mystère pour les scientifiques... mais certains pensent qu'ils lui servaient à attaquer ses proies, grâce à ses longues griffes robustes !

Complète la suite logique pour découvrir dans la case le nombre de griffes qu'il possédait.

**LE SAIS-TU ?**

Le T-Rex ne pouvait pas courir très vite, au risque de se briser les os.

# BELLE BOSSE

Certains scientifiques pensent que la bosse des pachycéphalosaures mâles brillait pour séduire les femelles !

Observe bien ces détails et retrouve ceux qui appartiennent à Patchy.

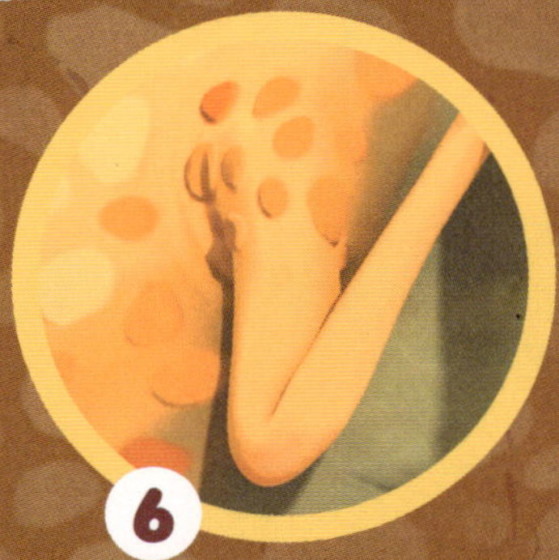

# À TOUTE VITESSE

Si le compsognathus est le champion du sprint, le vélociraptor est aussi un très bon coureur, fonçant à 40 km/h !

Cror a filé si vite que son ombre n'a pas suivi... Retrouve-la !

# COQUILLAGE

Un drôle de mollusque existait déjà à l'époque des dinosaures...

Place les lettres au bon endroit pour découvrir son nom et relie les chiffres dans le bon ordre pour découvrir sa tête !

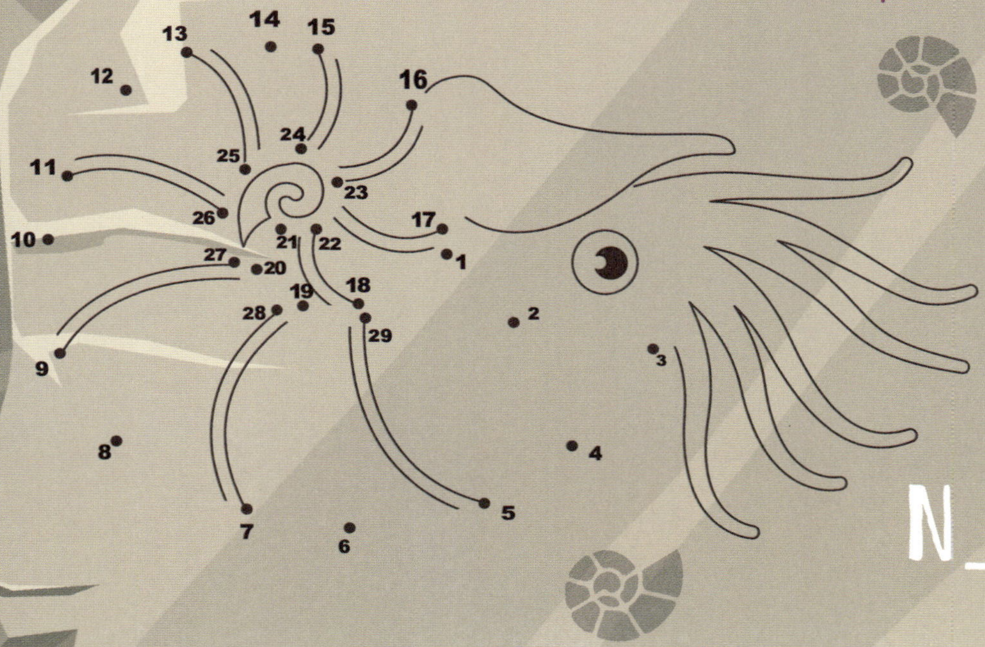


A U T

N_U_IL_S

# VISION TROUBLE

Rocky aimerait bien savoir qui il voit au loin... ami ou ennemi ?
Problème : les parasaurolophes ont une mauvaise vue !

Examine bien les images et entoure le dino
que Rocky n'arrive pas à distinguer !

1

2

3

# VIEILLE DINO

Ayati est la plus vieille
dino de Crétacia...

Complète cette pyramide
de chiffres pour découvrir
jusqu'à quel âge pouvaient vivre
les brachiosaures.

**LES BRACHIOSAURES**
**VIVAIENT JUSQU'À .......... ANS.**

## BLAGUE !

**Comment s'appelle un dino qui sent très mauvais ?**

Un proutosaure.

# CRAQUE LE CODE

Mazu a fait une découverte terrifiante sur les spinosaures... Tellement peu rassurante qu'elle n'ose pas la révéler.

Décrypte le code pour savoir ce qu'elle a découvert.

### CODE

| [dinosaur] | [dinosaur] | [dinosaur] | [dinosaur] | [dinosaur] | [dinosaur] | [dinosaur] | [dinosaur] | [dinosaur] | [dinosaur] | [dinosaur] | [dinosaur] | [dinosaur] | [dinosaur] |
|---|---|---|---|---|---|---|---|---|---|---|---|---|---|
| A | C | D | E | H | I | L | M | N | O | R | S | T | U |

# QUÈSACO ?

Un diplocaulus vit également à Crétacia...
Mais quelle est cette drôle de bête ?

Reconstitue son habitat naturel pour découvrir à quelle famille d'animaux il appartient.

...... ...... ...... ...... ...... ...... ...... ...... ......

# VÉRIDIQUE

Bill aime bien observer les dinos qui lui ressemblent. Du coup, il sait plein de choses sur les brachiosaures...

Remets les mots de sa phrase dans l'ordre pour découvrir ce qu'il a appris à leur sujet !

UN · QUEUE · BRACHIOSAURES · FONT · FOUET · LEUR · COMME · CLAQUER · LES

# COMBAT

À ton avis, lors d'un combat entre un T-Rex et un giganotosaure... qui gagne ?

Suis le fil qui relie Giganto à la bonne réponse, puis colorie-le !

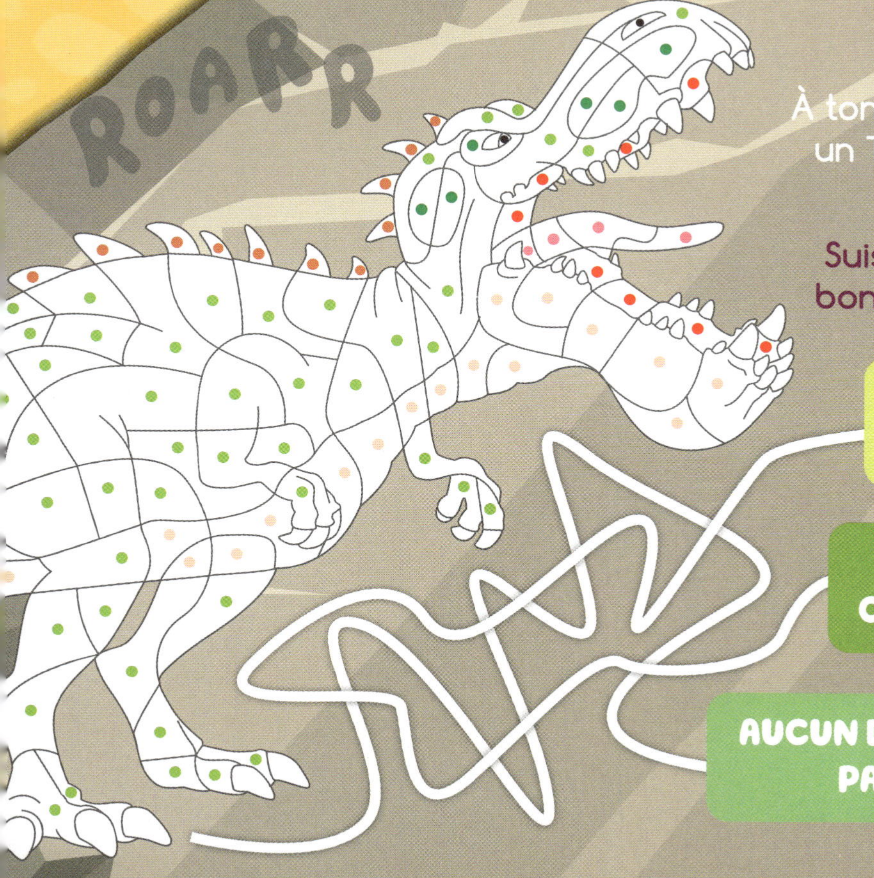


**LE T-REX, C'EST LE PLUS PUISSANT !**

**LE GIGANOTOSAURE, C'EST LE PLUS INTELLIGENT !**

**AUCUN DES DEUX, ILS NE VIVAIENT PAS AU MÊME ENDROIT.**

# COLLÉS SERRÉS

Les tricératops avaient le sens de la famille : ils vivaient en troupeaux !

Aide Trey à compter le nombre de tricératops qu'il voit sur cette page.

# GROS ŒUF

Le diplodocus peut peser jusqu'à 20 tonnes... Pas étonnant qu'il ponde des œufs de la taille d'un ballon... D'un ballon de quoi d'ailleurs ?

Complète ce sudoku pour découvrir de quel ballon il s'agit (dans la case rouge).

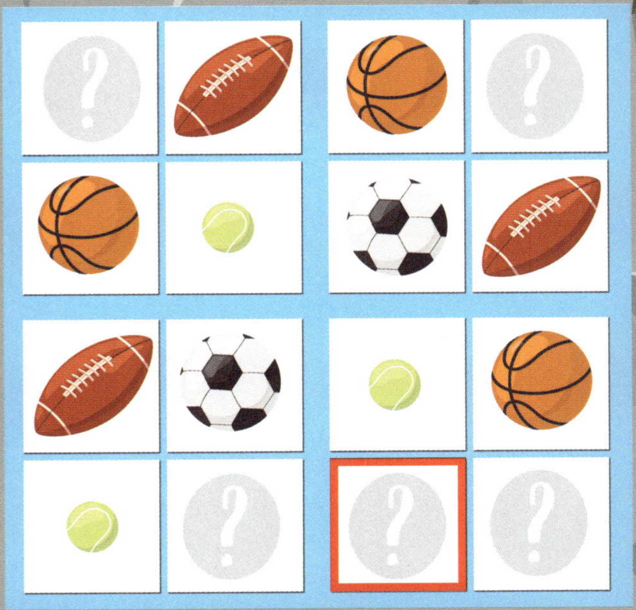

UN BALLON DE ............................ .

## LE SAIS-TU ?

**Dès leur naissance, la plupart des bébés dinosaures devaient se débrouiller tout seuls !**

ARRIVÉE

# DINO MALIN ?

Les vélociraptors avaient un cerveau assez gros, et l'on suppose qu'ils comptaient parmi les dinos les plus intelligents…

Mais Cror est une exception à la règle… Pas si maligne, elle a besoin de toi pour trouver le chemin qui la conduira à son frère !

# TEMPÉRATURE

Au Jurassique, penses-tu qu'il faisait plus chaud ou plus froid qu'aujourd'hui sur Terre ?

**Barre dans la grille les mots suivants : il te restera 5 lettres à remettre dans l'ordre pour le découvrir !**

- TROUPEAUX
- OS
- FEUILLE
- HI
- PLANÈTE
- TINY
- TORI
- ŒUF
- BILL
- FORÊT
- LEENA
- ROCKY
- ZAK
- CARNIVORE
- MAZU
- ÉCAILLES
- VUE
- ARBRE
- ROC
- ROLO
- HERBIVORE
- FOSSILES
- YEUX

| | | | | | | | | |
|---|---|---|---|---|---|---|---|---|
| C | A | R | N | I | V | O | R | E |
| P | L | A | N | E | T | E | R | H |
| H | T | F | Z | A | K | U | O | V |
| E | R | O | C | H | I | F | C | U |
| R | O | S | R | O | C | K | Y | E |
| B | U | S | L | F | O | R | E | T |
| I | P | I | E | E | T | A | U | T |
| V | E | L | E | U | O | A | X | I |
| O | A | E | N | I | R | R | M | N |
| R | U | S | A | L | I | B | A | Y |
| E | X | B | I | L | L | R | Z | O |
| R | O | L | O | E | U | E | U | S |
| E | C | A | I | L | L | E | S | D |

**IL FAISAIT PLUS ......................., DE 5 °C ENVIRON.**

# JOLIE COLLERETTE

Les mâles tricératops utilisaient leur collerette pour charmer les femelles.

Observe bien ces tricératops et barre celui qui est différent des autres.

## BLAGUE !

**De quoi a besoin un dino pour faire un œuf au plat ?**

D'une très grande poêle !

# DINOS DANS L'EAU

Penses-tu que le plésiosaure soit le seul reptile marin qu'on ait découvert ?

Reconstitue les squelettes en reliant les 2 parties pour en découvrir d'autres !

# COUP DE POUCE

À chaque dino sa particularité… L'un d'entre eux avait une arme fatale : son pouce ! Cela te fait sourire ? Il s'en servait pourtant comme d'un poignard…

Place les lettres dans les cases de la même couleur pour connaître le nom de ce dino redoutable.

N G O N U A D I O

| | | | | | | | | |
|---|---|---|---|---|---|---|---|---|
| ……… | ……… | ……… | ……… | ……… | ……… | ……… | ……… | ……… |

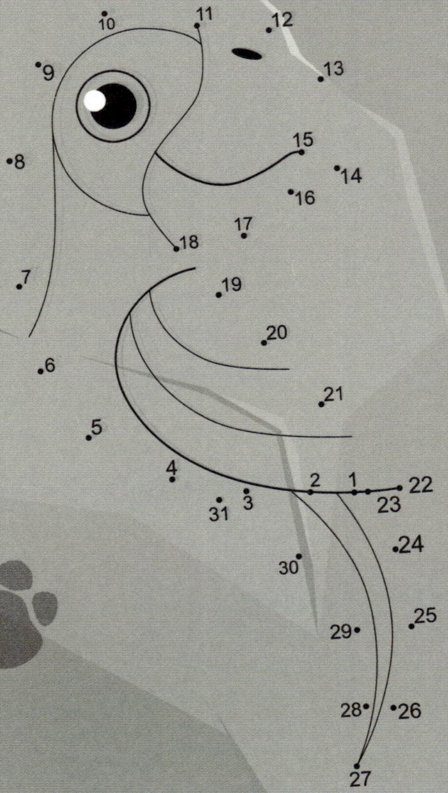

# RIEN À VOIR ?

À première vue, le tricératops n'a rien à voir avec un oiseau… Il a pourtant un point commun avec l'un d'entre eux !

Pour découvrir lequel, relie les numéros dans l'ordre.

**Le tricératops a un point commun avec le ……………………………………………… .**

# RIEN À FAIRE LÀ

Les fossiles sont essentiels pour mieux comprendre comment vivaient les dinosaures. Encore faut-il qu'ils datent bien de l'époque des dinos !

**Observe tous ces fossiles… Recense-les, entoure l'intrus et dis pourquoi !**

**RÉPONSE**

L'intrus est le
…………………………………………
car
…………………………………………
…………………………………………

# BON APPÉTIT

Mais au fait, Dilo le dilophosaure,
il mange de la viande ou des végétaux ?

Suis le chemin et replace les lettres
dans le bon ordre pour le découvrir.

# SUPER NAGEUR

Les plésiosaures avaient un atout considérable pour nager vite… Mais lequel ?

Suis le fil pour relier Termy à la bonne réponse.

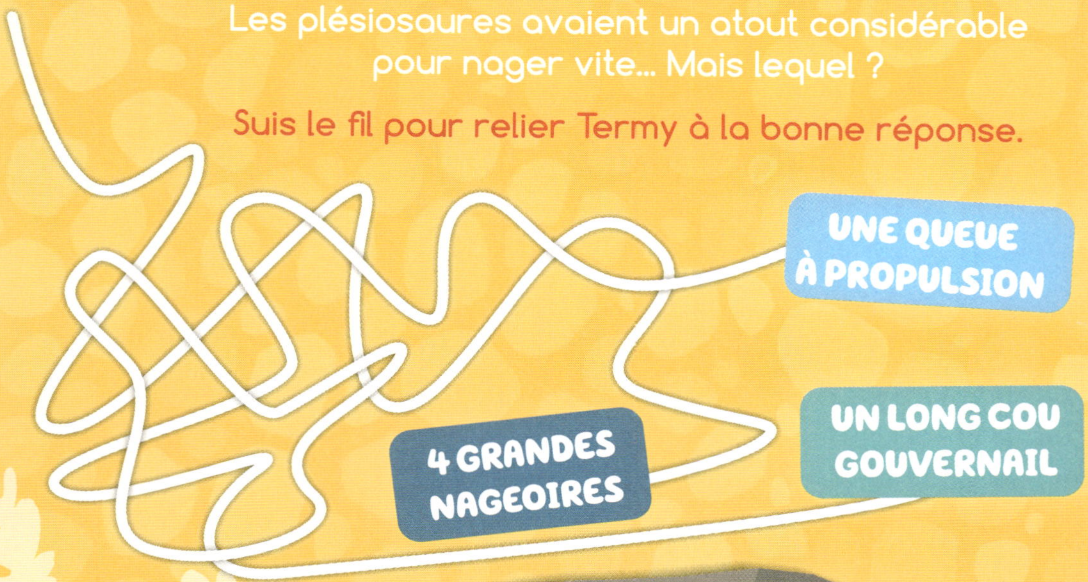


# ENVOLE-TOI !

Hégan est une as de la voltige comme tous les ptérosaures… Mais sais-tu comment elle fait pour s'envoler ?

Remets la phrase dans l'ordre pour le savoir, puis colorie-la !

ELLE

TRUOC RUOP

RECNALÉ'S

# DANS L'ERREUR

Longtemps, on a cru à tort que
le parasaurolophe utilisait sa queue pour...
Pour quoi donc ?

Entoure l'image où il y a
un parasaurolophe pour le savoir...

SE BATTRE

SE CACHER

NAGER

# DINO DENTÉ

Les brachiosaures passaient
la majeure partie de leur temps
à manger... Ils devaient avoir
un sacré paquet de dents !

Pour le savoir, observe bien
ces opérations et retrouve le
nombre qui se cache derrière la dent.

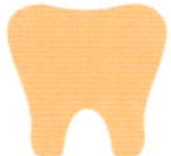 + 8 = 60

64 − 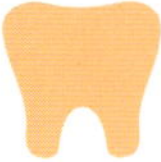 = 12

2 x 26 = 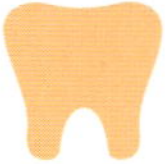

ILS AVAIENT
................ DENTS.

# D'OÙ VIENS-TU ?

Sais-tu dans quelle région du globe vivait le giganotosaure ?

Pour le savoir, suis le chemin et note les lettres !

## LE SAIS-TU ?

Les os que l'on voit dans les musées ne sont pas des vrais. Les os et fossiles sont trop fragiles et pourraient s'abîmer.

Le giganotosaure vivait en :

..........................................................................

# 1001 PEAUX

Mazu le sait, il est difficile de savoir précisément le type de peau et la couleur qu'avaient les dinosaures… Ce qui est sûr, c'est que c'était varié : poils, plumes, écailles, cuirasse, vert, brun, roux…

Observe bien les détails de la peau de ces dinos pour les relier au bon personnage !

**BLAGUE !**

Comment appelle-t-on un dino qui fait la sieste ?

Un ronflosaure !

1 STÉGOSAURE

2 PLÉSIOSAURE

3 SPINOSAURE

4 DIPLOCAULUS

A

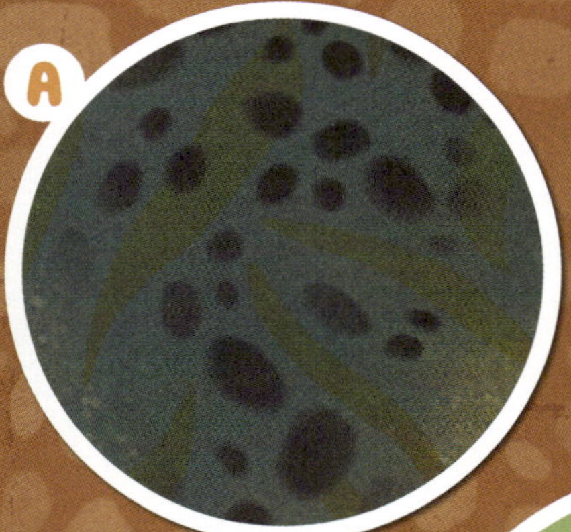

B

C

D

O P M R A C T R R I O

# MINUSCULE

On l'a compris, Ignatius est tout petit… Mais à son grand bonheur, il y a encore plus minuscule que lui !

Place chaque lettre dans la case de la même couleur pour connaître le nom du plus petit des petits dinos !

# ANCÊTRE

Le diplocaulus est l'ancêtre d'un petit batracien que tu connais bien…

Trace des traits selon le code pour découvrir de quel animal il s'agit !

CODE

| | | | | | | | | | | | |
|---|---|---|---|---|---|---|---|---|---|---|---|
| 1↑ | 2← | 1↑ | 2→ | 1↑ | 2← | 4↑ | 2→ | 1↓ | 1→ | 1↑ | 1→ |
| 1↑ | 2← | 1↑ | 2← | 1↑ | 1← | 3↑ | 1→ | 1↑ | 1→ | 1↑ | 1→ |
| 2↑ | 3→ | 2↓ | 2→ | 2↑ | 3→ | 2↓ | 1→ | 1↓ | 1→ | 1↓ | 1→ |
| 3↓ | 1← | 1↓ | 2← | 1↓ | 2← | 1↓ | 1→ | 1↓ | 1→ | 1↑ | 2→ |
| 4↓ | 2← | 1↓ | 2→ | 1↓ | 2← | 1↓ | 2← | 1↑ | 4← | 1↓ | 2← |

DÉPART

# LE PLUS GRAND

Bill le sait, un jour, il sera géant ! Mais Mazu connaît le nom d'un dinosaure encore plus grand que le brachiosaure... n'en déplaise à Bill.

Classe les lettres de la plus grande à la plus petite pour le découvrir !

**RÉPONSE**

il s'agit du

..............................

O G N T P A T I A A T

# PETITS BRAS

Le T-Rex est un prédateur redoutable : il mesure 13 mètres de long, pèse 6 tonnes, a des dents de la taille d'une banane... Mais de tout petits bras par rapport à son corps !

Complète cette pyramide de chiffres pour découvrir combien de centimètres ses bras mesuraient.

**SES BRAS MESURAIENT**

**................... cm.**

# EN FRANCE ?

Parmi les espèces de dinos qui vivaient à Crétacia, des traces de l'une d'entre elles ont été retrouvées en France !

Complète cette suite logique pour trouver de quel personnage il s'agit, et écris son espèce !

On a retrouvé en France des traces de ................................ .

# EN MEUTE

Des scientifiques ont découvert, près de restes d'un giganotosaure, des fossiles d'un herbivore 5 fois plus gros que lui… et supposent donc que le prédateur chassait en meute.

Compte le nombre de Giganto que tu vois sur cette page, et entoure celui qui n'apparaît qu'une seule fois !

**IL Y A ................ GIGANTO.**

# MIAM MIAM

À ton avis, que mangeaient les archéoptéryx ?

Complète ce sudoku pour découvrir de quoi il s'agit dans la case rouge.

# DINO RIGOLO

Certains dinosaures ont vraiment de drôle de noms, et ça fait toujours rire Bill ! L'un d'entre eux porte même le nom d'un personnage de dessin animé très connu !

Résous la charade pour découvrir comment il s'appelle, puis colorie Bill !

On s'assoit sur mon premier dans un parc.

Mon deuxième est la première syllabe de « bisou ».

Mon troisième est un rongeur qui vit dans les égouts.

Mon quatrième est le contraire de « beaucoup ».

On emploie mon cinquième dans l'expression « à ............ et à travers ».

# À QUOI ÇA SERT ?

C'est un fait : les dinosaures ont tous une queue. Mais au fait, sais-tu à quoi elle leur servait principalement ?

Remets les lettres dans l'ordre pour le découvrir.

À AGRDRE L'ÉQLIRIBEU

# DINO À PLUMES

L'archéoptéryx a un bec, des ailes, des plumes… Mais contrairement au ptérosaure qui est un reptile volant, c'est bien un dinosaure !

Observe Archie et entoure la bonne ombre.

## BLAGUE !

**Quel est le gros mot préféré des dinosaures ?**

Grotte, alors !

# DEVINETTE

Mazu aime bien poser des devinettes à ses amis…
et plus encore quand ils trouvent
la bonne réponse !

Lis les indices qu'elle te donne pour trouver
le dinosaure auquel elle pense et entoure-le !

1 T-REX

2 PACHYCÉPHALOSAURE

4 GIGANOTOSAURE

3 COMPSOGNATHUS

Je suis bipède.

Je ne suis pas un prédateur.

Mon nom signifie « lézard à tête épaisse ».

Je mange des végétaux.

J'ai une bosse au sommet de ma tête.

## RÉPONSE

- ○ T.
- ○ Patchy.
- ○ Giganto.
- ○ Ignatius.

# GRIFFURES

Les vélociraptors adorent griffer pour marquer leur territoire.

Observe ces marques et barre celle qui est différente des autres.

# DENTS ACÉRÉES !

Tu commences à bien connaître tous les dinos de Crétacia… y compris les plus effrayants, non ?

À l'aide de tes crayons, dessine de longues dents tranchantes à Giganto, puis colorie-le.

# PIQUANT

À l'époque des dinosaures vivait déjà une petite bête terrestre très dangereuse si elle te pique. Sauf qu'à l'époque, elle vivait dans l'eau et était… plus grande qu'un humain !

Relie les chiffres dans le bon ordre pour découvrir ce mystérieux animal…

## BLAGUE

**QU'OBTIENT-ON QUAND UN DINO MARCHE SUR DES FRAISES ?**

Bah, de la confiture de fraises !

# DES OS DE... ?

Les Chinois sont le premier peuple à avoir découvert des fossiles de dinosaures, mais ils pensaient que c'étaient des os de tout autre chose...

Pour découvrir de quoi, suis la fumée qui sort de la bouche de Rocky !

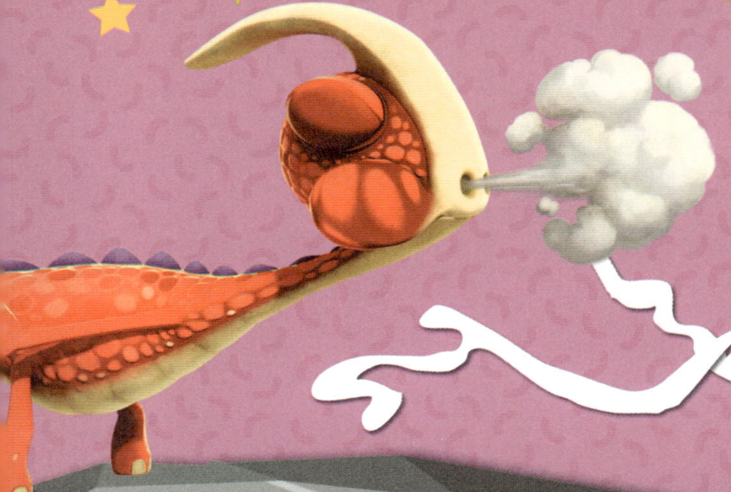

# EN ENTIER ?

Parmi tous les squelettes de dinosaures découverts, un seul a été retrouvé entier ! Il s'agit du fossile d'un scélidosaure trouvé en 1858.

Observe bien ces fossiles... et entoure le seul squelette complet !

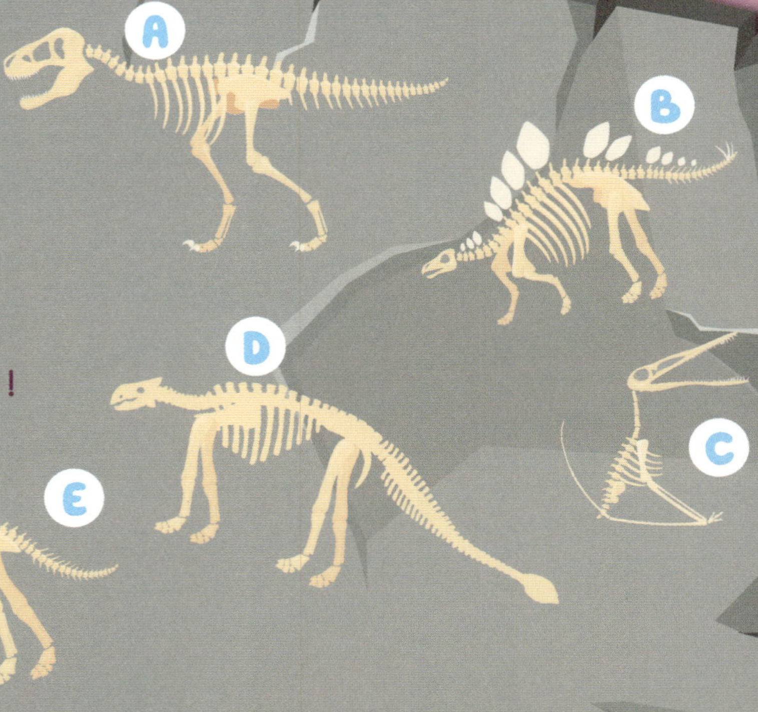

# LA FIN DES FINS

Les dinosaures ont vécu pendant 165 millions d'années… jusqu'à ce que quelque chose vienne s'écraser sur Terre, provoquant leur disparition.

Suis le chemin et replace les lettres dans l'ordre pour découvrir de quoi il s'agit.

**CE QUI S'EST ÉCRASÉ SUR TERRE EST :**

……………………………………………………

# MIKADOS

Lorsque les paléontologues reconstituent les squelettes des dinosaures, ils doivent être très précautionneux pour ne pas briser ces vieux os désormais fragiles...

Afin de retirer un à un les os de ce tas d'os sans les casser, remets les lettres dans le bon ordre, en commençant par celui du dessus.

**LE SAIS-TU ?**

**Les spécialistes de la recherche des os de dinosaures s'appellent des paléontologues.**

**Dessus**

1 .........

2 .........

3 .........

4 .........

5 .........

6 .........

7 .........

**Dessous**

# DISPARITION

Cela fait à présent trèèès longtemps que les dinos ne foulent plus la Terre…

Complète cette pyramide pour trouver combien de millions d'années précisément.

**LES DINOSAURES SE SONT ÉTEINTS DEPUIS :**
**.......................................... MILLIONS D'ANNÉES.**

# ANCÊTRE

Tu le sais déjà, les descendants directs des dinosaures sont les oiseaux. Mais sais-tu quel dino est l'ancêtre de… l'autruche ?

Colorie le dino mystère pour le découvrir !

# SOLUTIONS

## PAGE 2 :

### À TABLE !

Carnivores : tyrannosaure, vélociraptor, allosaure, compsognathus, dilophosaure.
Herbivores : ankylosaure, stégosaure.

### DINO GÉANT

Un brachiosaure adulte mesure **26 mètres**.

## PAGE 3 :

### COMME UN ROC !

L'ankylosaure utilise sa queue comme une **arme défensive**.

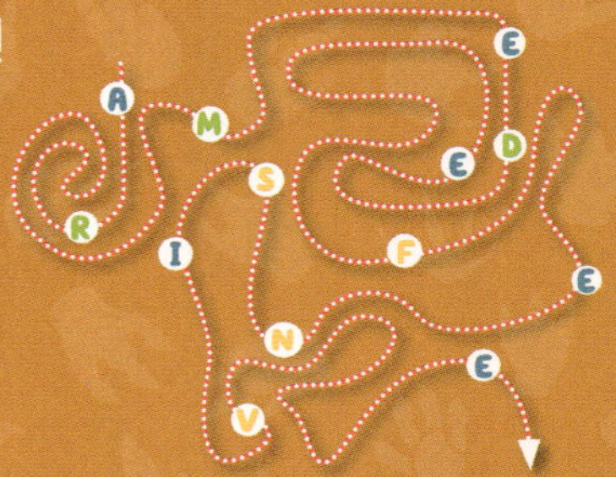

## PAGE 4 :

### FOSSILISÉS !

**A-5 ; B-2 ; C-3; E-1 ; F-4.**
L'intrus est un fossile **d'ammonite**.

## PAGE 5 :

### NID DOUILLET

Le nid différent est le **E**.

### SUPER RAPIDE

Le compsognathus est aussi rapide qu'un **guépard**.

## PAGE 6 :

### UNE AUTRE ÈRE

TRIAS - JURASSIQUE - CRÉTACÉ

### DE GRANDES DENTS

Les dents du T-Rex font la taille d'une **banane**.

## PAGE 7 :

### NOUVEAU-NÉ

Les dinosaures naissent dans des **œufs**.

## PAGE 8 :

### DINO CORNU

Les cornes de tricératops et tes ongles sont en **kératine**.

| | | | | | | | |
|---|---|---|---|---|---|---|---|
| R | | | I | | | | |
| O | L | T | G | T | | T | |
| C | E | E | N | O | B | I | H |
| K | E | R | A | T | I | N | E |
| Y | N | M | T | O | L | Y | G |
| | A | Y | U | R | L | | A |
| | | | S | | | | N |

## PAGE 9 :

### QUEUE CACTUS

L'ombre de Marshall est la **n°2**.

### ESPÈCE MYSTÈRE

« TRI - C - RAT - TOP - SSSS »
Tiny est une **tricératops**.

## PAGE 10 :

### PETIT DÉFAUT

Il faut remettre les lettres à l'endroit :
« JE NE SAIS PAS VOLER ».

### EMPREINTE

## PAGE 11 :

### APPÉTIT D'OGRE

« JE SUIS OMNIVORE DONC JE MANGE DES FRUITS, DES GRAINES, MAIS AUSSI DES VERS ET DES INSECTES. »

## PAGE 12 :

### SUIS LE SON

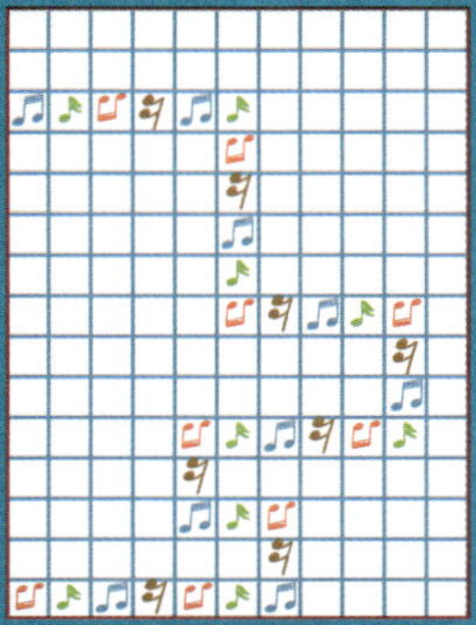

## PAGE 13 :

### SACRÉE TÊTE

Le crâne de Patchy est le **D**.

### SUPER MÉCHANT

Le spinosaure avait une mâchoire très proche de celle du **crocodile**.

## PAGE 14 :

### POIDS LOURD

Le brachiosaure pèse autant que **8 éléphants** !

### POINT FAIBLE

La partie non protégée des ankylosaures est le **ventre**.

## PAGE 15 :

### PAS UN DINO ?

« JE SUIS UN REPTILE MARIN »

## PAGE 16 :

### PETIT CERVEAU

Le cerveau du stégosaure fait la même taille que celui d'un **chaton** !

## PAGE 17 :

### SÛRE ET CERTAINE

Le seul dinosaure à cornes carnivore est le **cératosaure**.

### GIGAGÉNIAL

Giganto est un **GIGANOTOSAURE**.

## PAGE 18 :

### DES TAS D'OS

L'ordre est : **E-G-I-C-B-D-A-F-H**.

### BIEN AU CHAUD

La maiasaura recouvre ses œufs de **feuilles**.

## PAGE 19 :

### PETIT GÉNIE

Le dino le plus intelligent s'appelle : **TROODON**.

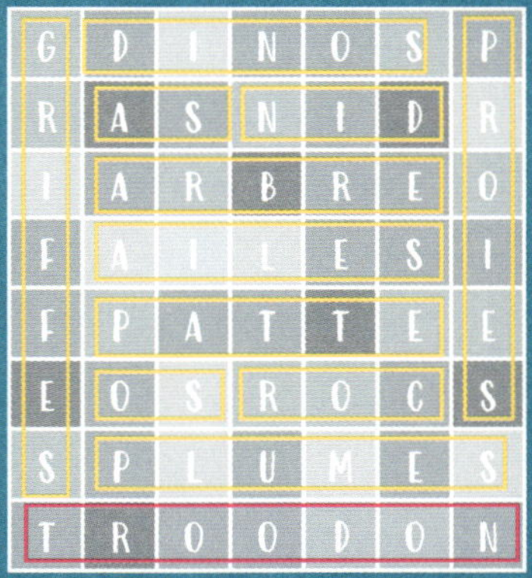


## PAGE 20 :

### PRÉDATEURS

## PAGE 21 :

### GROS MANGEUR

Un T-Rex mange **75 kg** de viande par jour.

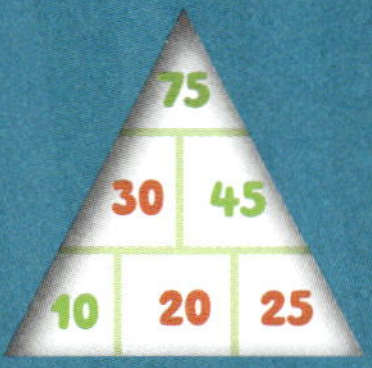


### RIQUIQUI

Le compsognathus fait la même taille qu'une **poule** !

## PAGE 22 :

### 1001 PATTES

Bipèdes : tyrannosaure, compsognathus, giganotosaure, vélociraptor.
Quadrupèdes : stégosaure, diplodocus, ankylosaure.

### DIGESTION

Le tas de cailloux différent est le n°1.

## PAGE 23 :

### AS DU VOL !

Les ailes des ptérosaures étaient recouvertes d'une **membrane**.

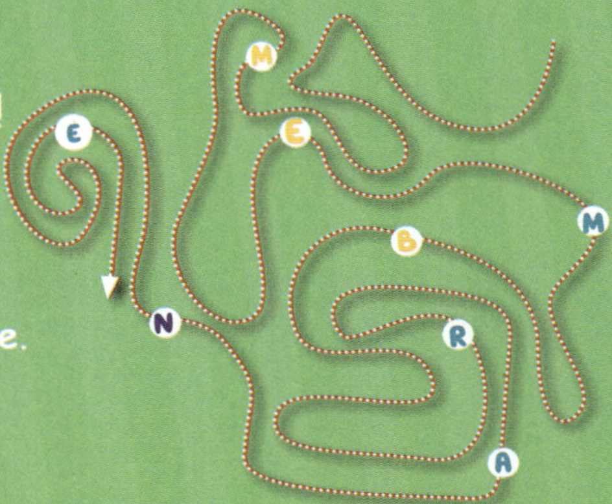


## PAGE 24 :

### ÇA BOUGE !

## PAGE 25 :

### TOUS DIFFÉRENTS

L'intrus est **Ignatius**, le seul **dinosaure** !

### BÉGAIEMENT

Rocky est un **PA-RA-SAU-RO-LO-PHE**.

## PAGE 26 :

### TOUS ÉTEINTS ?

Les descendants directs des dinos sont les **OISEAUX**.

### POIDS LOURD

| | | | |
|---|---|---|---|
| 1 TONNE | 2 TONNES | 3 TONNES | 4 TONNES |
| 3 TONNES | 4 TONNES | 1 TONNE | 2 TONNES |
| 2 TONNES | 1 TONNE | 4 TONNES | 3 TONNES |
| 4 TONNES | 3 TONNES | 2 TONNES | 1 TONNE |

Un stégosaure adulte pèse **2 tonnes.**

## PAGE 27 :

### TOUS POUR UN !

## PAGE 28 :

### CHEMIN SÛR

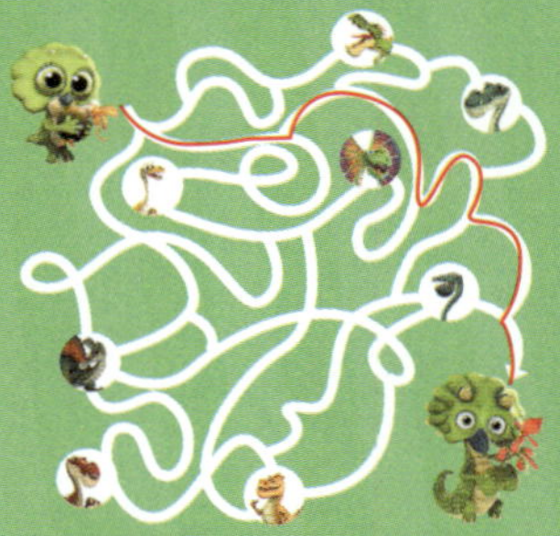

## PAGE 29 :

### JOLIES PLANTES

Cette plante est **carnivore**, elle mange des **insectes.**

### PETIT RONGEUR

Rugo fait partie des **mammifères** (**MÂT-MI-FER**).

## PAGE 30 :

GRANDE FAMILLE
**1-parasaurolophe** ; **2-tricératops** ; **3-ankylosaure** ; **4-brachisoaure.**

LONG COU
**6** + 5 = 11 ; 12 - **6** = 6 ; 2 x 3 = **6**.
Leur cou mesure **6 mètres de long.**

## PAGE 31 :

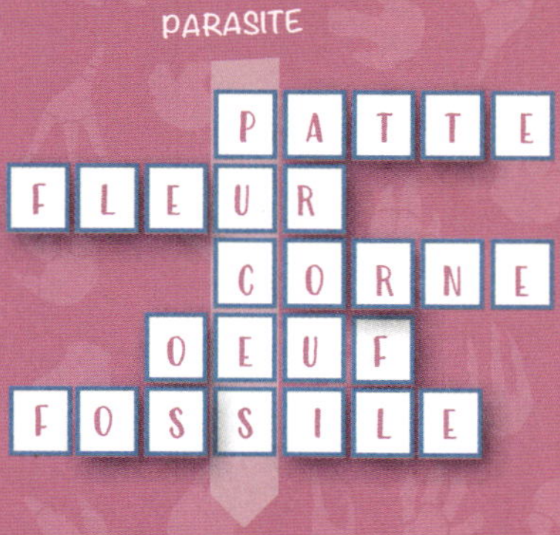


POINT COMMUN
Les dinosaures, comme les chiens, avaient des **puces** !

## PAGE 32 :

LOOK D'ENFER
Dilo est un « LÉZARD À DEUX CRÊTES ».

## PAGE 33 :

À L'ABRI !
A-8 ; B-4 ; C-1 ; D-3 ; E-6 ; F-2 ; G-5 ; H-7.
Ils peuvent s'abriter dans une **grotte**.

METS DE CHOIX
Les plésiosaures mangent des **poissons**.

## PAGE 34 :

PAS TOUCHE !
Le dino protecteur est l'**oviraptor** (O-VI-RAP-TOR).

BELLE BOSSE
L'épaisseur de la bosse est de **25 cm**.

## PAGE 35 :

DEUX PAR DEUX
A-E, D-B, I-C, F-J, G-H.

## PAGE 36 :

GGRRRR !
« LE GIGANOTOSAURE EST L'UN DES PLUS GRANDS PRÉDATEURS DE TOUS LES TEMPS ».

## PAGE 37 :

BEURK !
Ces fossiles s'appelles des « **COPROLITHES** » .

PAS PRESSÉ
Le détail appartient à un **ankylosaure.**

## PAGE 38 :

PRATIQUE !
« ELLE RÉGULE SA TEMPÉRATURE ».

PETIT ENCAS
Le compsognathus chasse des petits reptiles comme le **lézard**.

## PAGE 39 :

LE PLUS GROS
Dans l'ordre : 4-2-1-6-3-5-7.
**Le brachiosaure** est celui qui pesait le plus lourd.

## PAGE 40 :

BIEN CHEZ SOI
Les plésiosaures vivent dans l'**eau**.

## PAGE 41 :

MONTRE TES DENTS
Dents pointues : spinosaure, tyrannosaure, giganotosaure, vélociraptor.
Dents plates : stégosaure, tricératops, ankylosaure.

SUPER FORT
L'ordre est : D-E-B-C-A.

## PAGE 42 :

BIEN CACHÉ

QUELLE ÉPOQUE ?
L'archéoptéryx a vécu au **jurassique** (JUS- RAT- SI- QUEUE).

## PAGE 43 :

### COUP DE GRIFFES

Le T-Rex possédait **3 griffes**.

## PAGE 44 :

### BELLE BOSSE

Les détails qui appartiennent à Patchy sont les n°**1**, **2** et **6**.

## PAGE 45 :

### À TOUTE VITESSE

L'ombre de Cror est la **C**.

### COQUILLAGE

Ce mollusque s'appelle « **NAUTILUS** ».

## PAGE 46 :

### VISION TROUBLE

C'est le dino n°**2**, **Dilo** !

### VIEILLE DINO

Les brachiosaures vivaient jusqu'à **80 ans**.

## PAGE 47 :

### CRAQUE LE CODE

Mazu dit « **Ce dino chasse sur terre et dans l'eau** ».

## PAGE 48 :

### QUÈSACO ?

Le diplocaulus est un « **AMPHIBIEN** ».

## PAGE 49 :

### VÉRIDIQUE

« **Les brachiosaures font claquer leur queue comme un fouet** ».

### COMBAT

**AUCUN DES DEUX, ILS NE VIVAIENT PAS AU MÊME ENDROIT.**

## PAGE 50 :

### COLLÉS SERRÉS

Trey voit **14** tricératops.

### GROS ŒUF

Le diplodocus pond des œufs de la taille d'un ballon de rugby.

## PAGE 51 :

### DINO MALIN ?

## PAGE 52 :

### TEMPÉRATURE

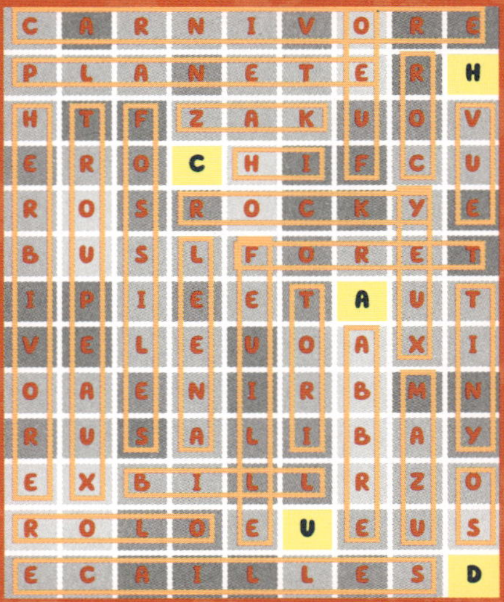


Il faisait plus **CHAUD**, de 5 °C environ.

## PAGE 53 :

### JOLIE COLLERETTE
Le tricératops différent des autres est le n°**4**.

### DINO DANS L'EAU
Les reptiles marins sont :
**ICHTYIOSAURE, ÉLASMOSAURE, MASOSAURE.**

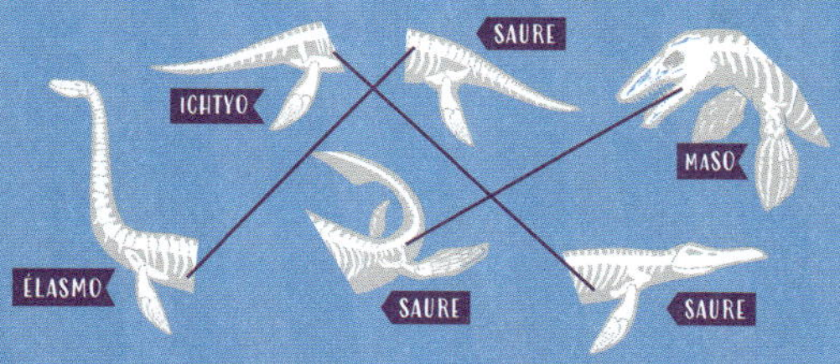


## PAGE 54 :

### COUP DE POUCE
Ce dino au pouce redoutable s'appelait :
**IGUANODON**.

### RIEN À VOIR ?
Le tricératops a un point commun avec le **perroquet** : ils ont tous deux un **bec**.

## PAGE 55 :

### RIEN À FAIRE LÀ
Il y a des fossiles d'empreintes, de feuilles, de coquillages et de squelettes de dinosaures (tricératops, stégosaure, compsognathus, parasaurolophe, T-Rex et ptérosaure).
Le fossile intrus est celui du **MAMMOUTH**, car **il n'existait pas à l'époque des dinos** !

## PAGE 56 :

### BON APPÉTIT
Dilo est **CARNIVORE**, il mange donc de la viande.

## PAGE 57 :

### SUPER NAGEUR

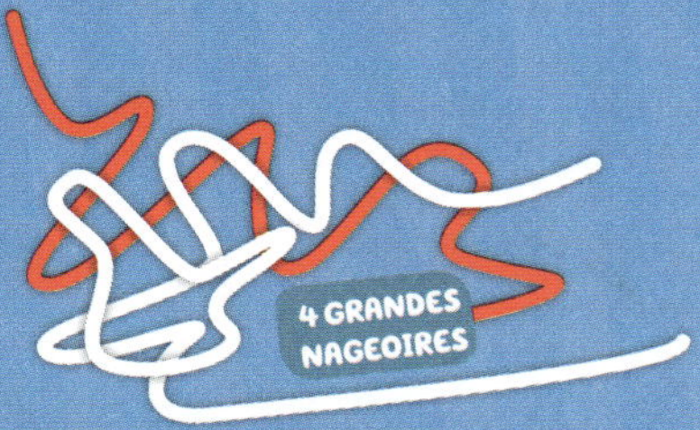


### ENVOLE-TOI !
Pour s'envoler, comme tous les ptérosaures, **« ELLE COURT POUR S'ÉLANCER »**.

## PAGE 58 :

### DANS L'ERREUR

Longtemps, on a cru que les parasaurolophes utilisaient leur queue pour nager, ce qui est faux.

### DINO DENTÉ
**52** + 8 = 60
64 - **52** = 12
2 x 26 = **52**
Les brachiosaures avaient **52 dents**.

## PAGE 59 :

### D'OÙ VIENS-TU ?
Le giganotosaure vivait en **Amérique du Sud**.

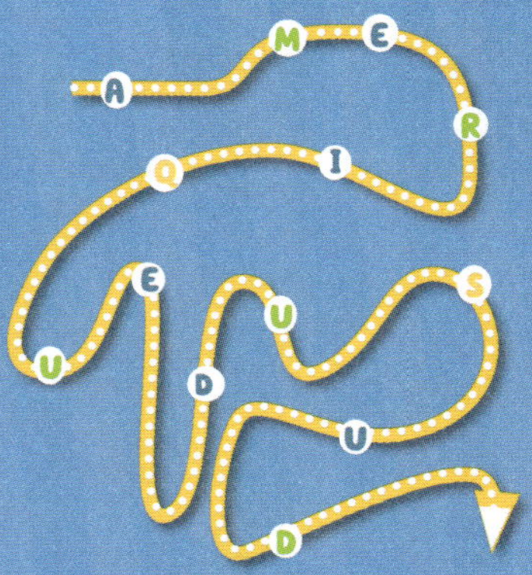

## PAGE 60 :

### 1001 PEAUX
**1-C ; 2-D ; 3-A ; 4-B.**

## PAGE 61 :

### MINUSCULE
Le plus petit dino s'appelle le **MICRORAPTOR**.

### ANCÊTRE
Le diplocaulus est l'ancêtre de la **grenouille**.

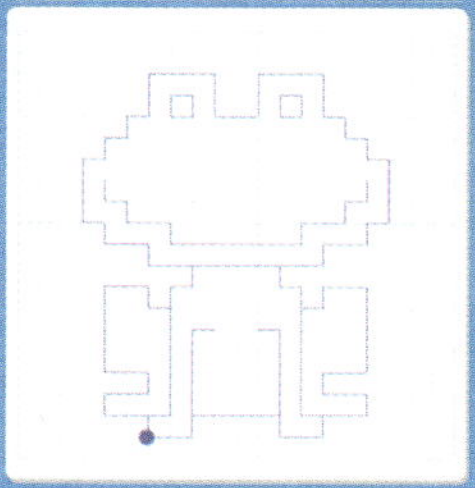

## PAGE 62 :

### LE PLUS GRAND
Le plus grand dinosaure est le **PATAGOTITAN**.

### PETITS BRAS
Les bras du T-Rex mesuraient **70 cm**...

## PAGE 63 :

### EN FRANCE ?
On a retrouvé en France des traces de **stégosaure** (l'espèce à laquelle appartient Marshall).

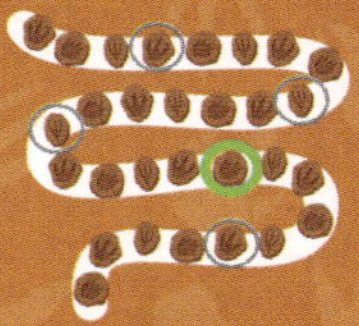

## PAGE 64 :

### EN MEUTE
Il y a 21 Giganto !

## PAGE 65 :

### MIAM MIAM
Les archéoptéryx mangeaient des insectes.

### DINO RIGOLO
Un dinosaure s'appelle véritablement « **BAMBIRAPTOR** » (BANC-BI-RAT-PEU-TORT).

## PAGE 66 :

### À QUOI ÇA SERT ?
La queue des dinosaures leur servait principalement « **À GARDER L'ÉQUILIBRE** ».

### DINO À PLUMES
L'ombre d'Archie est l'ombre **B**.

## PAGE 67 :

### DEVINETTE
Mazu pense à **Patchy**, le **pachycéphalosaure**.

## PAGE 68 :

### GRIFFURES
La seule marque de griffes différente des autres est la **marque D**.

## PAGE 69 :

### PIQUANT
Ce dangereux animal désormais minuscule mais plus grand qu'un humain à l'époque des dinosaures est le **scorpion**.

## PAGE 70 :

### DES OS DE... ?
Des os de dragons.

### EN ENTIER ?
Le seul fossile entier, du scélidosaure, est le **D**.

## PAGE 71 :

### LA FIN DES FINS
C'est une **météorite** qui s'est écrasée sur Terre.

## PAGE 72 :

### MIKADOS
Le bon ordre est :
**1-G, 2-E, 3-D, 4-B, 5-F, 6-C, 7-A.**

## PAGE 73 :

### DISPARITION
Les dinosaures se sont éteints il y a **65 millions d'années**.

### ANCÊTRE
L'ancêtre dinosaure de l'autruche est le **vélociraptor** !

PAPIER À BASE DE FIBRES CERTIFIÉES

Larousse s'engage pour l'environnement en réduisant l'empreinte carbone de ses livres. Celle de cet exemplaire est de : 700g éq. $CO_2$

LAROUSSE JEUNESSE
21 rue du Montparnasse, 75283 Paris cedex 06

D'après le livre de Jonny Duddle

Direction de la publication : Sophie Chanourdie
Packaging : Amstramgram
ISBN : 978-2-03-602581-3
Dépôt légal : juin 2023
332587-01/11051705 - avril 2023
Conforme à la loi n°49-956 du 16 juillet 1949 sur les publications destinées à la jeunesse.